# きりぎりす

太宰治+しまざきジョゼ

初出：「新潮」1940年11月

## 太宰治

明治42年（1909年）青森県生まれ。小説家。1935年、「逆行」が第1回芥川賞の次席となり、翌年、第一創作集『晩年』を刊行。『斜陽』などで流行作家となるが、『人間失格』を残し玉川上水で入水自殺した。「乙女の本棚」シリーズでは本作のほかに、『猿ヶ島』、『駈込み訴え』、『待つ』、『魚服記』、『葉桜と魔笛』、『女生徒』がある。

## しまざきジョゼ

東京都在住のイラストレーター。京都芸術大学客員教授。グラフィックデザイナーとしてデザイン事務所に4年勤務ののち退社しフリーランスとして活動。著書に『描きたい絵が描けるようになる本』、『永い季節』がある。

おわかれ致《いた》します。あなたは、嘘《うそ》ばかりついていました。私にも、いけない所が、あるのかも知れません。けれども、私は、私のどこが、いけないのか、わからないの。私も、もう二十四です。このとしになっては、どこがいけないと言われても、私には、もう直す事が出来ません。いちど死んで、キリスト様のように復活でもしない事には、なおりません。自分から死ぬという事は、一ばんの罪悪のような気も致しますから、私は、あなたと、おわかれして私の正しいと思う生きかたで、しばらく生きて努めてみたいと思います。私には、あなたが、こわいのです。きっと、この世では、あなたの生きかたのほうが正しいのかも知れません。けれども、私には、それでは、とても生きて行けそうもありません。

私が、あなたのところへ参りましてから、もう五年になります。十九の春に見合いをして、それからすぐに、私は、ほとんど身一つで、あなたのところへ参りました。今だから申しますが、父も、母も、この結婚には、ひどく反対だったのでございます。弟も、あれは、大学へはいったばかりの頃《ころ》でありましたが、姉さん、大丈夫かい？　等と、ませた事を言って、不機嫌《ふきげん》な様子を見せていました。あなたが、いやがるだろうと思いましたから、きょうまで黙って居《お》りましたが、あの頃、私には他に二つ、縁談がございました。もう記憶も薄れている程なのですが、おひとりは、何でも、帝大の法科を出たばかりの、お坊ちゃんで外交官志望とやら聞きました。お写真も拝見しました。楽天家らしい晴やかな顔をしていました。これは、池袋の大姉さんの御推薦でした。もうひとりのお方は、父の会社に勤めて居られる、三十歳ちかくの技師でした。五年も前の事ですから、記憶もはっきり致しませんが、なんでも、大きい家の総領で、人物も、しっかりしているとやら聞きました。父のお気に入りらしく、父も母も、それは熱心に、支持していました。お写真は、拝見しなかった、と思います。

こんな事はどうでもいいのですが、また、あなたに、ふふんと笑われますと、つらいので、記憶している事を、はっきり申し上げました。いま、こんな事を申し上げるのは、決して、あなたへの厭《いや》がらせのつもりでも何でもございません。それは、お信じ下さい。私は、困ります。他のいいところへお嫁に行けばよかった等と、そんな不貞な、ばかな事は、みじんも考えて居りませんのですから。あなた以外の人は、私には考えられません。いつもの調子で、お笑いになると、私は困ってしまいます。私は本気で、申し上げているのです。おしまい迄《まで》お聞き下さい。あの頃も、いまも、私は、あなた以外の人と結婚する気は、少しもありません。それは、はっきりしています。私は子供の時から、愚図々々が何より、きらいでした。あの頃、父に、母に、また池袋の大姉さんにも、いろいろ言われ、とにかく見合いだけでも等と、すすめられましたが、私にとっては、見合いもお祝言《しゅうげん》も同じものの様な気がしていましたから、かるがると返事は出来ませんでした。そんなおかたと結婚する気は、まるっきり無かったのです。みんなの言う様に、そんな、申しぶんの無いお方《かた》だったら、殊更《ことさら》に私でなくても、他に佳《よ》いお嫁さんが、いくらでも見つかる事でしょうし、なんだか張り合いの無いことだと思っていました。この世界中に（などと言うと、あなたは、すぐお笑いになります）私でなければ、お嫁に行けないような人のところへ行きたいものだと、私はぼんやり考えて居りました。丁度その時に、あなたのほうからの、あのお話があったのでした。ずいぶん乱暴な話だったので、父も母も、はじめから不機嫌でした。だって、あの骨董屋《こっとうや》の但馬《たじま》さんが、父の会社へ画を売りに来て、れいのお喋《しゃべ》りを、さんざんした揚句の果に、この画の作者は、いまにきっと、ものになります。どうです、お嬢さんを等と不謹慎な冗談を言い出して、父は、いい加減に聞き流し、とにかく画だけは買って会社の応接室の壁に掛けて置いたら、二、三日して、また但馬さんがやって来て、こんどは本気に申し込んだというじゃありませんか。乱暴だわ。お使者の但馬さんも但馬さんなら、その但馬さんにそんな事を頼む男も男だ、と父も母も呆《あき》れていました。でも、あとで、あなたにお伺いして、それは、あなたの全然ご存じなかった事で、すべては但馬さんの忠義な一存からだったという事が、わかりました。但馬さんには、ずいぶんお世話になりました。

いまの、あなたの御出世も、但馬さんのお蔭よ。本当に、あなたには、商売を離れて尽して下さった。あなたを見込んだというわけね。これからも、但馬さんを忘れては、いけません。あの時、私は但馬さんの無鉄砲な申し込みの話を聞いて、少し驚きながらも、ふっと、あなたにお逢いしてみたくなりました。なんだか、とても嬉《うれ》しかったの。私は、或《あ》る日こっそり父の会社に、あなたの画を見に行きました。その時のことを、あなたにお話し申したかしら。私は父に用事のある振りをして応接室にはいり、ひとりで、つくづくあなたの画を見ました。あの日は、とても寒かった。火の気の無い、広い応接室の隅《すみ》に、ぶるぶる震えながら立って、あなたの画を見ていました。あれは、小さい庭と、日当りのいい縁側の画でした。縁側には、誰も坐《すわ》っていないで、白い座蒲団《ざぶとん》だけが一つ、置かれていました。青と黄色と、白だけの画でした。見ているうちに、私は、もっとひどく、立って居られないくらいに震えて来ました。この画は、私でなければ、わからないのだと思いました。真面目《まじめ》に申し上げているのですから、お笑いになっては、いけません。私は、あの画を見てから、二、三日、夜も昼も、からだが震えてなりませんでした。

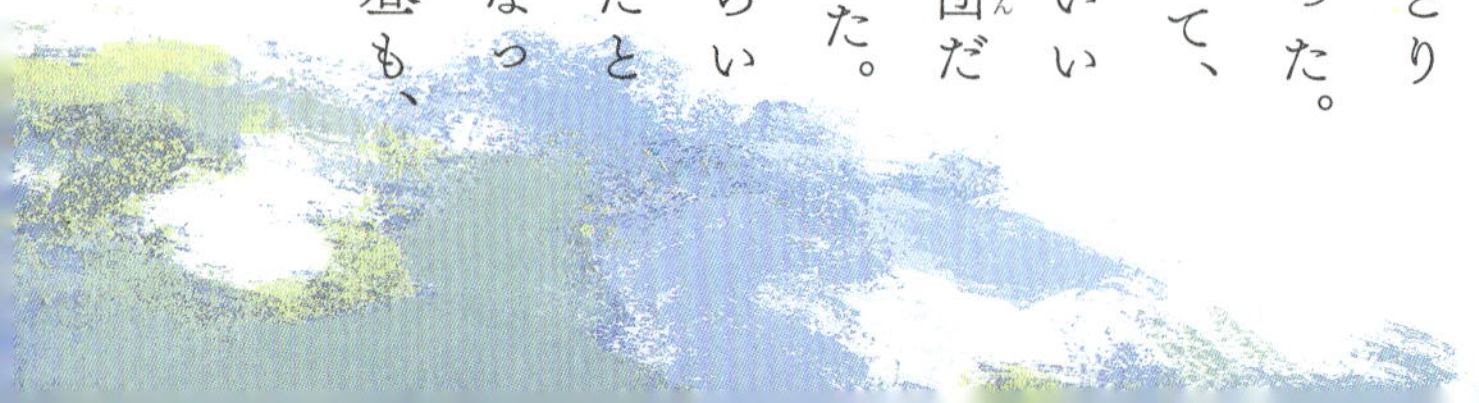

どうしても、あなたのところへ、お嫁に行かなければ、と思いました。蓮葉《はすは》な事で、からだが燃えるように恥ずかしく思いましたが、私は母にお願いしました。母は、とても、いやな顔をしました。私はけれども、それは覚悟していた事でしたので、あきらめずに、こんどは直接、但馬さんに御返事いたしました。但馬さんは大声で、えらい！　とおっしゃって立ち上り、椅子に躓《つまず》いて転びましたが、あの時は、私も但馬さんも、ちっとも笑いませんでした。それからの事は、あなたも、よく御承知の筈《はず》でございます。私の家では、あなたの評判は、日が経《た》つにつれて、いよいよ悪くなる一方でした。あなたが、瀬戸内海の故郷から、親にも無断で東京へ飛び出して来て、御両親は勿論《もちろん》、親戚の人ことごとくが、あなたに愛想づかしをしている事、お酒を飲む事、展覧会に、いちども出品していない事、左翼らしいという事、美術学校を卒業しているかどうか怪しいという事、その他たくさん、どこで調べて来るのか、父も母も、さまざまの事実を私に言い聞かせて叱《しか》りました。

けれども、但馬さんの熱心なとりなしで、どうやら見合いまでには漕《こ》ぎつけました。千疋屋《せんびきや》の二階に、私は母と一緒にまいりました。あなたは、私の思っていたとおりの、おかたでした。ワイシャツの袖口《そでぐち》が清潔なのに、感心いたしました。私が、紅茶の皿を持ち上げた時、意地悪くからだが震えて、スプーンが皿の上でかちゃかちゃ鳴って、ひどく困りました。家へ帰ってから、母は、あなたの悪口を、一そう強く言っていました。あなたが煙草《たばこ》ばかり吸って、母には、ろくに話をして上げなかったのが、何より、いけなかったようでした。人相が悪い、という事も、しきりに言っていました。見込みがないというのです。けれども私は、あなたのところへ行く事に、きめていました。ひとつき、すねて、とうとう私が勝ちました。但馬さんとも相談して、私は、ほとんど身一つで、あなたのところへ参りました。

淀橋《よどばし》のアパートで暮した二箇《か》年ほど、私にとって楽しい月日《つきひ》は、ありませんでした。毎日毎日、あすの計画で胸が一ぱいでした。あなたは、展覧会にも、大家《たいか》の名前にも、てんで無関心で、勝手な画ばかり描いていました。貧乏になればなるほど、私はぞくぞく、へんに嬉しくて、質屋にも、古本屋にも、遠い思い出の故郷のような懐《なつか》しさを感じました。お金が本当に何も無くなった時には、自分のありったけの力を、ためす事が出来て、とても張り合いがありました。だって、お金の無い時の食事ほど楽しくて、おいしいのですもの。つぎつぎに私は、いいお料理を、発明したでしょう？　いまは、だめ。なんでも欲しいものを買えると思えば、何の空想も湧《わ》いて来ません。市場へ出掛けてみても私は、虚無です。よその叔母さんたちの買うものを、私も同じ様に買って帰るだけです。あなたが急にお偉くなって、あの淀橋のアパートを引き上げ、この三鷹《みたか》町の家に住むようになってからは、楽しい事が、なんにもなくなってしまいました。私の、腕の振いどころが無くなりました。

あなたは、急にお口《くち》もお上手になって、私を一そう大事にして下さいましたが、私は自身が何だか飼い猫のように思われて、いつも困って居りました。私は、あなたを、この世で立身なさるおかたとは思わなかったのです。死ぬまで貧乏で、わがまま勝手な画ばかり描いて、世の中の人みんなに嘲笑《ちょうしょう》せられて、けれども平気で誰にも頭を下げず、たまには好きなお酒を飲んで一生、俗世間に汚されずに過して行くお方だとばかり思って居りました。私は、ばかだったのでしょうか。でも、ひとりくらいは、この世に、そんな美しい人がいる筈だ、と私は、あの頃も、いまもなお信じて居ります。その人の額《ひたい》の月桂《げっけい》樹《じゅ》の冠は、他の誰にも見えないので、きっと馬鹿扱いを受けるでしょうし、誰もお嫁に行ってあげてお世話しようともしないでしょうから、私が行って一生お仕えしようと思っていました。

私は、あなたこそ、その天使だと思っていました。私でなければ、わからないのだと思っていました。それが、まあ、どうでしょう。急に、何だか、お偉くなってしまって。私は、どういうわけだか、恥ずかしくてたまりません。

私は、あなたの御出世を憎んでいるのではございません。あなたの、不思議なほどに哀しい画が、日一日と多くの人に愛されているのを知って、私は神様に毎夜お礼を言いました。泣くほど嬉しく思いました。あなたが淀橋のアパートで二年間、気のむくままに、お好きなアパートの裏庭を描いたり、深夜の新宿の街を描いて、お金がまるっきり無くなった頃には但馬さんが来て、二、三枚の画と交換に十分のお金を置いて行くのでしたが、あの頃は、あなたは、但馬さんに画を持って行かれる事が、ひどく淋《さび》しい御様子で、お金の事になど、てんで無関心でありました。但馬さんは、来る度毎に私を、こっそり廊下へ呼び出して、どうぞ、よろしく、ときまったように真面目に言ってお辞儀をし、白い角封筒を、私の帯の間につっ込んで下さるのでした。

あなたは、いつでも知らん顔をして居りますし、私だって、すぐその角封筒の中味《なかみ》を調べるような卑しい事は致しませんでした。無ければ無いで、やって行こうと思っていたのですもの。いくらいただいた等、あなたに報告した事も、ありません。あなたを汚したくなかったのです。本当に、私は一度だって、あなたに、お金が欲しいの、有名になって下さいの、とお願いした事はございませんでした。あなたのような、口下手な、乱暴なおかたは、(ごめんなさい)お金持にもならないし、有名になど決してなれるものでないと私は、思っていました。けれども、それは、見せかけだったのね。どうして、どうして。

但馬さんが個展の相談を持って来られた時から、あなたは、何だか、おしゃれになりました。まず、歯医者へ通いはじめました。あなたは虫歯が多くて、お笑いになると、まるでおじいさんのように見えましたが、けれどもあなたは、ちっとも気になさらず、私が、歯医者へおいでになるようにおすすめしても、いいよ、歯がみんな無くなりゃあ総入歯にするんだ、金歯を光らせて女の子に好かれたって仕様が無い、等と冗談ばかりおっしゃって、一向に歯のお手入れをなさらなかったのに、どういう風の吹き廻しか、お仕事の合間、合間に、ちょいちょいと出かけて行っては、一本二本と、金歯を光らせてお帰りになるようになりました。こら、笑ってみろ、と私が言ったら、あなたは、鬚《ひげ》もじゃの顔を赤くして、但馬の奴《やつ》が、うるさく言うんだ、と珍しく気弱い口調で弁解なさいました。個展は、私が淀橋へまいりましてから二年目の秋に、ひらかれました。私は、うれしゅうございました。あなたの画が、一人でも多くの人に愛されるのに、なんで、うれしくない事がありましょう。私には、先見の明《めい》があったのですものね。

でも、新聞でもあんなに、ひどくほめられるし、出品の画が、全部売り切れたそうですし、有名な大家《たいか》からも手紙が来ますし、あんまり、よすぎて、私は恐しい気が致しました。会場へ、見に来いと、あなたにも、但馬さんにも、あれほど強く言われましたけれど、私は、全身震えながら、お部屋で編物ばかりしていました。あなたの、あの画が、二十枚も、三十枚も、ずらりと並んで、それを大勢の人たちが、眺《なが》めている有様を、想像してさえ、私は泣きそうになってしまいます。こんなに、いい事が、こんなに早く来すぎては、きっと、何か悪い事が起るのだとさえ、考えました。私は、毎夜、神様に、お詫《わ》びを申しました。どうか、もう、幸福は、これだけでたくさんでございますから、これから後、あの人が病気などなさらぬよう、悪い事の起らぬよう、お守り下さい、と念じていました。あなたは毎夜、但馬さんに誘われて、ほうぼうの大家《たいか》のところへ挨拶《あいさつ》に参ります。翌朝お帰りの事も、ございましたが、私は別に何とも思っていないのに、あなたは、それは精《くわ》しく前夜の事を私に語って下さって、何先生は、どうだとか、あれは愚物だとか、無口なあなたらしくもなく、ずいぶんつまらぬお喋りをはじめます。

私は、それまで二年、あなたと暮して、あなたが人の陰口をたたいたのを伺った事が一度もありませんでした。何先生は、どうだって、あなたは唯我独尊《ゆいがどくそん》のお態度で、てんで無関心の御様子だったではありませんか。それに、そんなお喋りをして、前夜は、あなたに何のうしろ暗いところも無かったという事を、私に納得させようと、お努めになって居られるようなのですが、そんな気弱な遠廻しの弁解をなさらずとも、私だって、まさか、これまで何も知らずに育って来たわけでもございませんし、はっきりおっしゃって下さったほうが、一日くらい苦しくても、あとは私はかえって楽になります。所詮《しょせん》は生涯の、女房なのですから。私は、そのほうの事では、男の人を、あまり信用して居りませんし、また、滅茶に疑っても居りません。そのほうの事でしたら、私は、ちっとも心配して居りませぬし、また、笑って怺《こら》える事も出来るのですけれど、他に、もっと、つらい事がございます。

私たちは、急にお金持になりました。あなたも、ひどくおいそがしくなりました。二科会から迎えられて、会員になりました。そうして、あなたは、アパートの小さい部屋を、恥ずかしがるようになりました。但馬さんもしきりに引越すようにすすめて、こんなアパートに居るのでは、世の中の信用も如何《いかが》と思われるし、だいいち画の値段が、いつまでも上りません、一つ奮発して大きい家を、お借りなさい、と、いやな秘策をさずけ、あなたまで、そりゃあそうだ、こんなアパートに居ると、人が馬鹿にしやがる、等と下品なことを、意気込んで言うので、私は何だか、ぎょっとして、ひどく淋しくなりました。但馬さんは自転車に乗ってほうぼう走り廻り、この三鷹町の家を見つけて下さいました。としの暮に私たちは、ほんのわずかなお道具を持って、この、いやに大きいお家へ引越して参りました。あなたは、私の知らぬ間にデパートへ行って何やらかやら立派なお道具を、本当にたくさん買い込んで、その荷物が、次々とデパートから配達されて来るので、私は胸がつまって、それから悲しくなりました。

これではまるで、そこらにたくさんある当り前の成金《なりきん》と少しも違っていないのですもの。けれども私は、あなたに悪くて、努めて嬉しそうに、はしゃいでいました。いつの間にか私は、あの、いやな「奥様」みたいな形になっていました。あなたは、女中を置こうとさえ言い出しましたけれど、それだけは、私は、何としても、いやで、反対いたしました。私には、人を、使うことが出来ません。引越して来て、すぐにあなたは、年賀状を、移転通知を兼ねて三百枚も刷らせました。三百枚。いつのまに、そんなにお知合いが出来たのでしょう。私には、あなたが、たいへんな危い綱渡りをはじめているような気がして、恐しくてなりませんでした。いまに、きっと、悪い事が起る。あなたは、そんな俗な交際などなさって、それで成功なさるようなお方では、ありません。そう思って、私は、ただはらはらして、不安な一日一日を送っていたのでございますが、あなたは躓《つまず》かぬばかりか、次々と、いい事ばかりが起るのでした。私が間違っているのでしょうか。私の母も、ちょいちょい、この家へ訪ねて来るようになって、その度毎に、私の着物やら貯金帳やらを持って来て下さって、とても機《き》嫌《げん》がいいのです。父も、会社の応接間の画を、はじめは、いやがって会社の物置にしまわせていたのだそうですが、こんどは、それを家へ持って来て、額縁も、いいのに変えて、父の書斎に掛けているのだそうです。池袋の大姉さんも、しっかりおやり等と、お手紙を下さるようになりました。お客様も、ずいぶん多くなりました。応接間が、お客様で一ぱいになる事もありました。そんな時、あなたの陽気な笑い声が、お台所まで聞えて来ました。あなたは、ほんとに、お喋りになりました。以前あなたは、あんなに無口だったので、私は、ああ、このおかたは、何もかもわかっていながら、何でも皆つまらないから、こんなに、いつでも黙って居られるのだ、とばかり思い込んで居りましたが、そうでもないらしいのね。あなたは、お客様の前で、とてもつまらない事を、おっしゃって居られます。前の日に、お客様から伺ったばかりの画の論を、そっくりそのまま御自分の意見のように鹿爪《しかつめ》らしく述べていたり、また、私が小説を読んで感じた事をあなたに、ちょっと申し上げると、あなたはその翌日、すましてお客様に、モオパスサンだって、やはり信仰には、おびえていたんだね、なんて私の愚論をそのままお聞かせしているものですから、私はお茶を持って応接間にはいりかけて、あまり恥ずかしくて立ちすくんでしまう事もありました。

あなたは、以前は、なんにも知らなかったのね。ごめんなさい。私だって、なんにも、ものを知りませんけれども、自分の言葉だけは、持っているつもりなのに、あなたは、全然、無口か、でもないと、人の言った事ばかりを口真似《くちまね》しているだけなんですもの。それなのに、あなたは不思議に成功なさいました。そのとしの二科の画は、新聞社から賞さえもらって、その新聞には、何だか恥ずかしくて言えないような最大級の讃辞が並べられて居りました。孤高、清貧、思索、憂愁、祈り、シャヴァンヌ、その他いろいろございました。あなたは、あとでお客様とその新聞の記事に就いてお話なされ、割合、当っていたようだね、等と平気でおっしゃって居られましたが、まあ何という事を、おっしゃるのでしょう。私たちは清貧ではございません。貯金帳を、ごらんにいれましょうか。あなたは、この家に引越して来てからは、まるで人が変ったように、お金の事を口になさるようになりました。お客様に画をたのまれると、あなたは、必ずお値段の事を悪びれもせずに、言い出します。はっきりさせて置いたほうが、後でいざこざが起らなくて、お互に気持がいいからね、などと、あなたはお客様におっしゃって居られますが、私はそれを小耳にはさんで、やはり、いやな気が致しました。なんでそんなに、お金にこだわることがあるのでしょう。いい画さえ描いて居れば、暮しのほうは、自然に、どうにかなって行くものと私には思われます。いいお仕事をなさって、そうして、誰にも知られず、貧乏で、つつましく暮して行く事ほど、楽しいものはありません。私は、お金も何も欲しくありません。心の中で、遠い大きいプライドを持って、こっそり生きていたいと思います。あなたは私の、財布の中まで、おしらべになるようになりました。お金がはいると、あなたは、あなたの大きい財布と、それから、私の小さい財布とに、お金をわけて、おいれになります。あなたの財布には、大きいお紙幣《さつ》を五枚ばかり、私の財布には、大きいお紙幣を一枚を、四つに畳んでお容れになります。あとのお金は、郵便局と銀行へ、おあずけになります。私は、いつでも、それを、ただ傍で眺めています。いつか私が、貯金帳をいれてある書棚《しょだな》の引き出しの鍵《かぎ》を、かけるのを忘れていたら、あなたは、それを見つけて、困るね、と、しんから不機嫌に、私におこごとを言うので、私は、げっそり致しました。画廊へ、お金を受取りにおいでになれば、三日目くらいにお帰りになりますが、そんな時でも、深夜、酔ってがらがらと玄関の戸をあけて、おはいりになるや否や、おい、三百円あまして来たぞ、調べて見なさい、等と悲しい事を、おっしゃいます。

あなたのお金ですもの、いくらお使いになったって平気ではないでしょうか。たまには気晴しに、うんとお金を使いたくなる事もあるだろうと思います。みんな使うと、私が、がっかりするとでも思って居られるのでしょうか。私だって、お金の有難さは存じていますが、でも、その事ばかり考えて生きているのでは、ございません。三百円だけ残して、そうして得意顔でお帰りになるあなたのお気持が、私には淋しくてなりません。私は、ちっともお金を欲しく思っていません。何を買いたい、何を食べたい、何を観たいとも思いません。家の道具も、たいてい廃物利用で間に合わせて居りますし、着物だって染め直し、縫い直しますから一枚も買わずにすみます。どうにでも、私は、やって行きます。手拭《てぬぐい》掛《か》け一つだって、私は新しく買うのは、いやです。むだな事ですもの。あなたは時々、私を市内へ連れ出して、高い支那料理などを、ごちそうして下さいましたが、私にはちっともおいしいとは思われませんでした。何だか落ちつかなくて、おっかなびっくりの気持で、本当に、勿体《もったい》なくて、むだな事だと思いました。

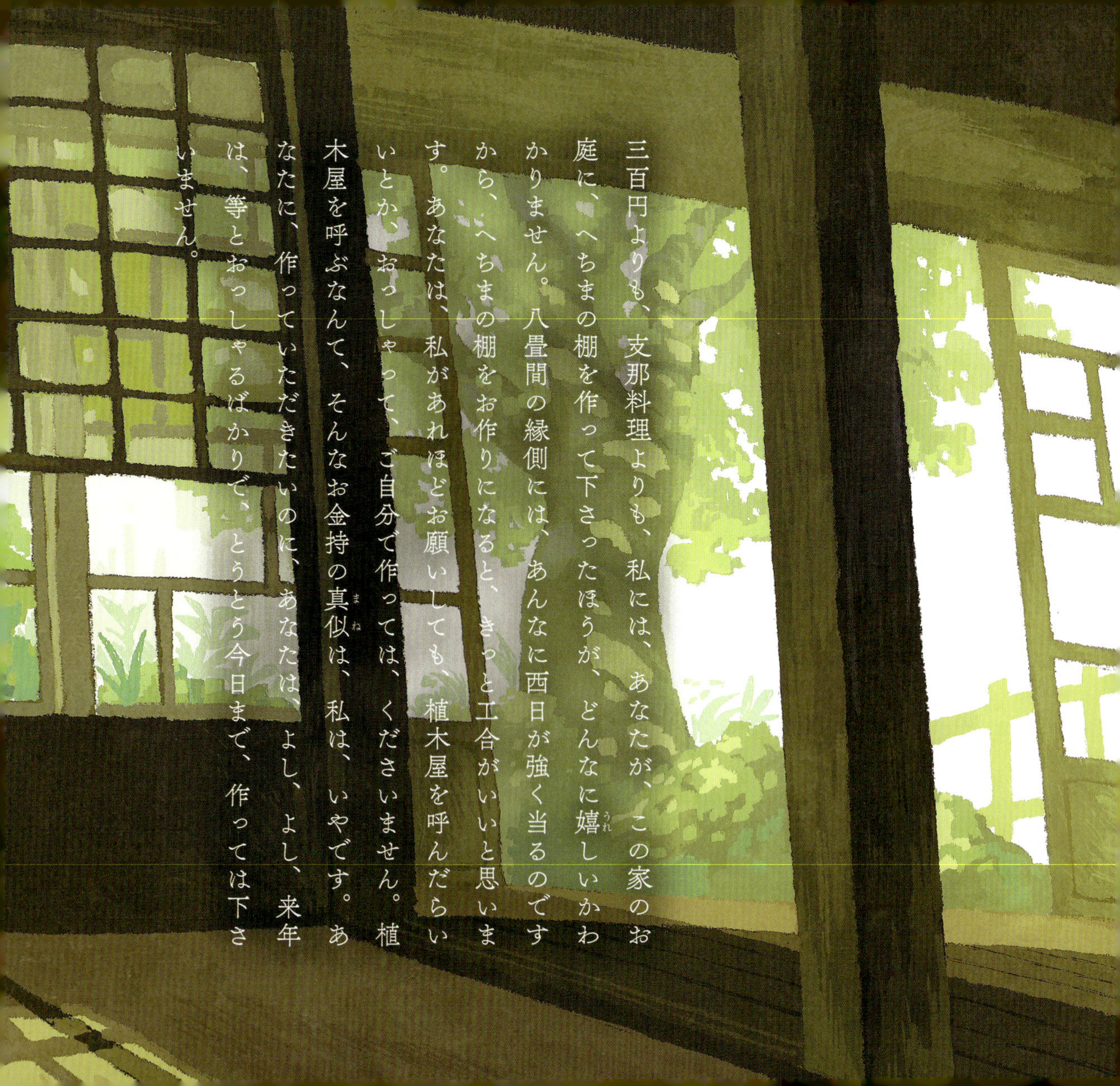

三百円よりも、支那料理よりも、私には、あなたが、この家のお庭に、へちまの棚を作って下さったほうが、どんなに嬉《うれ》しいかわかりません。八畳間の縁側には、あんなに西日が強く当るのですから、へちまの棚をお作りになると、きっと工合がいいと思います。あなたは、私があれほどお願いしても、植木屋を呼んだらいいとか、おっしゃって、ご自分で作っては、くださいません。植木屋を呼ぶなんて、そんなお金持の真似《まね》は、私は、いやです。あなたに、作っていただきたいのに、あなたは、よし、よし、来年は、等とおっしゃるばかりで、とうとう今日まで、作っては下さいません。

あなたは、御自分の事では、ひどく、むだ使いをなさるのに、人の事には、いつでも知らん顔をなさって居ります。いつでしたかしら、お友達の雨宮さんが、奥さんの御病気で困って、御相談にいらした時、あなたは、わざわざ私を応接間にお呼びになって、家にいま、お金があるかい？　と真面目《まじめ》な顔をして、お聞きになるので、私は、可笑《おか》しいやら、ばからしいやらで、困ってしまいました。私が顔を赤くして、もじもじしていると、隠すなよ、そこらを掻《か》き廻したら、二十円くらいは出て来るだろう、と私に、からかうようにおっしゃるので、私は、びっくりしてしまいました。たった二十円。私は、あなたの顔を見直しました。あなたは、私の視線を、片手で、払いのけるようにして、いいから僕に貸しておくれ、けちけちするなよ、とおっしゃって、それから雨宮さんのほうに向って、お互、こんな時には、貧乏は、つらいね、と笑っておっしゃるのでした。私は、呆《あき》れて、何も申し上げたくなくなりました。あなたは清貧でも何でも、ありません。憂愁だなんて、いまの、あなたのどこに、そんな美しい影があるのでしょう。あなたは、その反対の、わがままな楽天家です。毎朝、洗面所で、おいとこそうだよ、なんて大声で歌って居られるでは、ありませんか。私は御近所に恥ずかしくてなりません。祈り、シャヴァンヌ、もったいないと思います。孤高だなんて、あなたは、お取巻きのかたのお追従《ついしょう》の中でだけ生きているのにお気が附かれないのですか。あなたは、家へおいでになるお客様たちに先生と呼ばれて、誰かれの画を、片端からやっつけて、いかにも自分と同じ道を歩むものは誰も無いような事をおっしゃいますが、もし本当にそうお思いなら、そんなに矢鱈《やたら》に、ひとの悪口をおっしゃってお客様たちの同意を得る事など、要らないと思います。あなたは、お客様たちから、その場かぎりの御賛成でも得たいのです。なんで孤高な事がありましょう。そんなに来る人、来る人に感服させなくても、いいじゃありませんか。あなたは、とても嘘《うそ》つきです。昨年、二科から脱退して、新浪漫派とやらいう団体を、お作りになる時だって、私は、ひとりで、どんなに惨《みじ》めな思いをしていた事でしょう。だって、あなたは、蔭であんなに笑って、ばかにしていたおかた達ばかりを集めて、あの団体を、お作りになったのでございますもの。あなたには、まるで御定見が、ございません。この世では、やはり、あなたのような生きかたが、正しいのでしょうか。

葛西《かさい》さんがいらした時には、お二人で、雨宮さんの悪口をおっしゃって、憤慨したり、嘲笑《ちょうしょう》したりして居られますし、雨宮さんがおいでの時は、雨宮さんに、とても優しくしてあげて、やっぱり友人は君だけだ等と、嘘とは、とても思えないほど感激的におっしゃって、そうして、こんどは葛西さんの御態度に就いて非難を、おはじめになるのです。世の中の成功者とは、みんな、あなたのような事をして暮しているものなのでしょうか。よくそれで、躓《つまず》かずに生きて行けるものだと、私は、そら恐しくも、不思議にも思います。きっと、悪い事が起る。起ればいい。あなたのお為にも、神の実証のためにも、何か一つ悪い事が起るように、私の胸のどこかで祈っているほどになってしまいました。けれども、悪い事は起りませんでした。一つも起りません。相変らず、いい事ばかりが続きます。あなたの団体の、第一回の展覧会は、非常な評判のようでございました。あなたの、菊の花の絵は、いよいよ心境が澄み、高潔な愛情が馥郁《ふくいく》と匂《にお》っているとか、お客様たちから、お噂《うわさ》を承りました。どうして、そういう事になるのでしょう。私は、不思議でたまりません。

ことしのお正月には、あなたは、あなたの画の最も熱心な支持者だという、あの有名な、岡井先生のところへ、御年始に、はじめて私を連れてまいりました。先生は、あんなに有名な大家《たいか》なのに、それでも、私たちの家よりも、お小さいくらいのお家に住まわれて居られました。あれで、本当だと思います。でっぷり太って居られて、てこでも動かない感じで、あぐらをかいて、そうして眼鏡越しに、じろりと私を見る、あの大きい眼も、本当に孤高なお方の眼でございました。私は、あなたの画を、はじめて父の会社の寒い応接室で見た時と同じ様に、こまかく、からだが震えてなりませんでした。先生は、実に単純な事ばかり、ちっともこだわらずに、おっしゃいます。私を見て、おう、いい奥さんだ、お武《ぶ》家《け》そだちらしいぞ、と冗談をおっしゃったら、あなたは真面目《まじめ》に、はあ、これの母が士族でして、などといかにも誇らしげに申しますので、私は冷汗を流しました。母が、なんで士族なものですか。父も、母も、ねっからの平民でございます。そのうちに、あなたは、人におだてられて、これの母は華族でして、等とおっしゃるようになるのではないでしょうか。そら恐しい事でございます。

先生ほどのおかたでも、あなたの全部のいんちきを見破る事が出来ないとは、不思議であります。世の中は、みんな、そんなものなのでしょうか。先生は、あなたの此の頃のお仕事を、さぞ苦しいだろうと言って、しきりに労《いたわ》っておいでになりましたが、私は、あなたの毎朝の、おいとこそうだよ、という歌を歌っておいでになるお姿を思い出し、何がなんだか判《わか》らなくなり、しきりに可笑しく、噴き出しそうにさえなりました。先生のお家から出て、一町も歩かないうちに、あなたは砂利を蹴《け》って、ちえっ！　女には、甘くていやがら、とおっしゃいましたので、私はびっくり致《いた》しました。あなたは、卑劣です。たったいま迄、あの御立派な先生の前で、ぺこぺこしていらした癖に、もうすぐ、そんな陰口をたたくなんて、あなたは、気違いです。

あの時から、私は、あなたと、おわかれしようと思いました。この上、怺《こら》えて居る事が出来ませんでした。あなたは、きっと、間違って居ります。わざわいが、起ってくれたらいい、と思います。けれども、やっぱり、悪い事は起りませんでした。あなたは但馬さんの、昔の御恩をさえ忘れた様子で、但馬のばかが、また来やがった、等とお友達におっしゃって、但馬さんも、それを、いつのまにか、ご存じになったようで、ご自分から、但馬のばかが、また来ましたよ、なんて言って笑いながら、のこのこ勝手口から、おあがりになります。もう、あなた達の事は、私には、さっぱり判りません。人間の誇りが、一体、どこへ行ったのでしょう。おわかれ致します。あなた達みんな、ぐるになって、私をからかって居られるような気さえ致します。

先日あなたは、新浪漫派の時局的意義とやらに就いて、ラジオ放送をなさいました。私が茶の間で夕刊を読んでいたら、不意にあなたのお名前が放送せられ、つづいてあなたのお声が。私には、他人の声のような気が致しました。なんという不潔に濁った声でしょう。いやな、お人だと思いました。はっきり、あなたという男を、遠くから批判出来ました。あなたは、ただのお人です。これからも、ずんずん、うまく、出世をなさるでしょう。くだらない。「私の、こんにち在るは」というお言葉を聞いて、私は、スイッチを切りました。一体、何になったお積りなのでしょう。恥じて下さい。「こんにち在るは」なんて恐しい無智な言葉は、二度と、ふたたび、おっしゃらないで下さい。ああ、あなたは早く躓いたら、いいのだ。

私は、あの夜、早く休みました。電気を消して、ひとりで仰向に寝ていると、背筋の下で、こおろぎが懸命に鳴いていました。縁の下で鳴いているのですけれど、それが、ちょうど私の背筋の真下あたりで鳴いているので、なんだか私の背骨の中で小さいきりぎりすが鳴いているような気がするのでした。この小さい、幽《かす》かな声を一生忘れずに、背骨にしまって生きて行こうと思いました。

この世では、きっと、あなたが正しくて、私こそ間違っているのだろうとも思いますが、私には、どこが、どんなに間違っているのか、どうしても、わかりません。

※本書には、現在の観点から見ると差別用語と取られかねない表現が含まれていますが、原文の歴史性を考慮してそのままとしました。

# 乙女の本棚シリーズ

『女生徒』
太宰治＋今井キラ

『檸檬』
梶井基次郎＋げみ

『蜜柑』
芥川龍之介＋げみ

『猫町』
萩原朔太郎＋しきみ

『押絵と旅する男』
江戸川乱歩＋しきみ

『夢十夜』
夏目漱石＋しきみ

『葉桜と魔笛』
太宰治＋紗久楽さわ

『瓶詰地獄』
夢野久作＋ホノジロトヲジ

『外科室』
泉鏡花＋ホノジロトヲジ

『赤とんぼ』
新美南吉＋ねこ助

『桜の森の満開の下』
坂口安吾＋しきみ

『秘密』
谷崎潤一郎＋マツオヒロミ

『月夜とめがね』
小川未明＋げみ

『死後の恋』
夢野久作＋ホノジロトヲジ

『魔術師』
谷崎潤一郎＋しきみ

『夜長姫と耳男』
坂口安吾＋夜汽車

『山月記』
中島敦＋ねこ助

『人間椅子』
江戸川乱歩＋ホノジロトヲジ

『春は馬車に乗って』
横光利一 + いとうあつき

詩集『抒情小曲集』より
室生犀星 + げみ

『春の心臓』
イェイツ（芥川龍之介訳）+
ホノジロトヲジ

『魚服記』
太宰治 + ねこ助

『Kの昇天』
梶井基次郎 + しらこ

『鼠』
堀辰雄 + ねこ助

『刺青』
谷崎潤一郎 + 夜汽車

詩集『青猫』より
萩原朔太郎 + しきみ

詩集『山羊の歌』より
中原中也 + まくらくらま

『人でなしの恋』
江戸川乱歩＋夜汽車

『高瀬舟』
森鷗外＋げみ

『木精』
森鷗外＋いとうあつき

『夜叉ヶ池』
泉鏡花＋しきみ

『ルルとミミ』
夢野久作＋ねこ助

『黒猫』
ポー（斎藤寿葉訳）＋まくらくらま

『待つ』
太宰治＋今井キラ

『駈込み訴え』
太宰治＋ホノジロトヲジ

『恋愛論』
坂口安吾＋しきみ

『二人の稚児』
谷崎潤一郎＋夜汽車

『藪の中』
芥川龍之介＋おく

『文字禍』
中島敦＋しきみ

『猿ヶ島』
太宰治＋すり餌

『悪霊物語』
江戸川乱歩＋粟木こぼね

『舞踏会』
芥川龍之介＋Sakizo

『人魚の嘆き』
谷崎潤一郎＋ねこ助

『目羅博士の不思議な犯罪』
江戸川乱歩＋まくらくらま

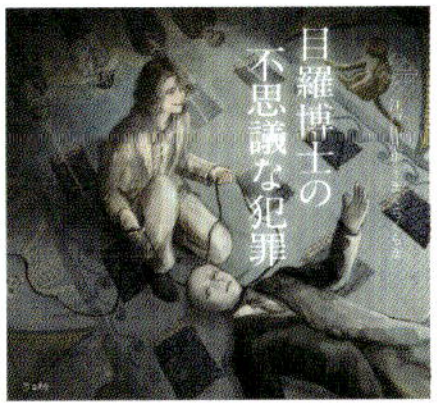


『杯』
森鷗外－今井キラ

『きりぎりす』
太宰治＋しまざきジョゼ

『悪魔　乙女の本棚作品集』
しきみ

『縊死体　乙女の本棚作品集』
ホノジロトヲジ

# きりぎりす

2025年 4月11日　第1版1刷発行

著者　太宰治
絵　しまざき ジョゼ

発行人　松本 大輔
編集人　橋本 修一
デザイン　根本 綾子(Karon)
協力　神田 岬
担当編集　切刀 匠

発行：立東舎
発売：株式会社リットーミュージック
〒101-0051 東京都千代田区神田神保町一丁目105番地

印刷・製本：株式会社広済堂ネクスト

【本書の内容に関するお問い合わせ先】
info@rittor-music.co.jp
本書の内容に関するご質問は、Eメールのみでお受けしております。
お送りいただくメールの件名に「きりぎりす」と記載してお送りください。
ご質問の内容によりましては、しばらく時間をいただくことがございます。
なお、電話やFAX、郵便でのご質問、本書記載内容の範囲を超えるご質問につきましてはお答えできませんので、
あらかじめご了承ください。

【乱丁・落丁などのお問い合わせ】
service@rittor-music.co.jp


Printed in Japan　ISBN978-4-8456-4249-6
定価はカバーに表示しております。